Auf die schlaue Wolfsdrachin
kann Dragid sich immer verlassen.
Sie ist eine treue Gefährtin!

Sie ist die Tochter von
Königin Otronia. Die Hüter der
neugierigen Drachenprinzessin sind
Dragid und Ylvia.

Die freche Nixe wohnt
in einem riesigen Seeigel.
Sie schenkt Adino einen
geheimnisvollen Pfeil.

Ein finsterer Kerl!
Er hat sich mit den
schwarzen Rittern
verbündet.

Grit Poppe

wurde 1964 in Boltenhagen an der Ostsee geboren. Sie studierte am Literaturinstitut in Leipzig und schreibt Romane für Kinder und Erwachsene. Grit Poppe lebt mit ihrem Sohn und ihrer Tochter in Potsdam.

Im Arena Verlag bereits erschienen:
Dragid Feuerherz – Hüter der Drachen
Dragid Feuerherz – Die Perle des Lichts

Anke Dammann,

geboren 1967 in Friedrichshafen am Bodensee, studierte Grafik-Design in Dortmund. Nach ihrem Abschluss arbeitete sie zunächst als Grafikerin in Werbeagenturen, machte sich 1998 selbstständig und lebt und arbeitet seitdem als freie Illustratorin in Wuppertal.

Grit Poppe

Dragid Feuerherz

Im Bann der Magier

Mit Illustrationen
von Anke Dammann

Arena

Dragid Feuerherz

Im Bann der Magier

In neuer Rechtschreibung

1. Auflage 2008

Einband und Illustrationen von Anke Dammann
Gesamtherstellung: Westermann Druck Braunschweig GmbH
ISBN 978-3-401-09334-5

www.arena-verlag.de

1. KAPITEL

Es war still in der Höhle der Drachenkönigin Otronia. Nur das Feuer prasselte und warf einen unruhigen Schein an die Wände aus Stein.

Dragid Feuerherz beugte sich besorgt über Königin Otronia. Die Anführerin der Drachen lag zusammengerollt an ihrer Feuerstelle, und auf den ersten Blick sah es so aus, als würde sie nur tief und fest schlafen. Aber wer sie kannte, sah, dass etwas mit ihr nicht stimmte. Die Drachenkönigin atmete schwer, und ihr Gesicht schimmerte bläulich violett, als hätte sie viel zu lange in einem eiskalten See gebadet. Die Wolfsdrachin Ylvia hielt an Otronias Lager Wache und fächerte ihr mit ihren Flügeln Luft zu.

»Wie geht es unserer Königin?«, fragte Dragid, der erst vor wenigen Augenblicken in die Höhle gekommen war.

»Sie ist im Land der bösen Träume gefangen«, flüsterte Ylvia ihrem Freund zu. Ihre Nüstern bebten, und ihre Augen waren angstvoll geweitet.

Dragid konnte kaum ertragen, Otronia so daliegen zu sehen. »Wenigstens ist sie nicht . . .« Dragid sprach den Satz nicht zu Ende. Er wandte den Blick von Otronia ab und starrte in das flackernde Feuer.

Doch Ylvia wusste, was der junge Drache meinte. »Es hätte alles noch viel schlimmer kommen können«, sagte sie. »Offenbar hatte der Basilisk es auf Prinzessin Filana abgesehen. Doch Otronia stellte sich in den Weg und verteidigte ihre Tochter mit einem Feuerstrahl. Dabei wurde sie von dem Blick des Basilisken gestreift.«

Dragid schnaubte voll Sorge. Also glaubte der Basilisk offenbar immer noch, dass er mit einer Entführung der Drachenprinzessin Macht über das Feuerland erlangen könnte. Der Basilisk war der König der Schlangen, ein Mischwesen aus einem Hahn, einer Schlange und einem Drachen. Er besaß den bösen Blick und war das gefährlichste Geschöpf, das Dragid kannte.

Ylvia blickte zur Höhle hinaus. »Adino!«, rief sie.

Schon im nächsten Moment fiel Adino, der Salamanderjunge, erst Dragid und dann Ylvia um den Hals. Adino, der in der Blauen Wüste lebte, war ein Freund der beiden Drachen und stets zur Stelle, wenn Gefahr drohte. »Der Bote, der mich ins Feuerland brachte, hat mir schon erzählt, was passiert ist«, sagte er ein wenig außer Atem. Adino setzte sich zu der kranken Drachenkönigin und musterte sie aufmerksam. »Otronias Leiden nennt man bei uns auch die schwarze Krankheit. Es ist ein Zustand zwischen Schlaf und . . .« Er sprach nicht weiter.

»Wenn der Basilisk ihr direkt in die Augen gesehen hätte, wäre sie jetzt tot«, knurrte Ylvia in einem rauen Wolfston.
Adino hob den Kopf und blickte erst Ylvia und dann Dragid ernst in die Augen. »Wir müssen ein Gegenmittel finden, sonst wird sie sterben«, sagte er.
»Wann brechen wir auf?«, fragte Dragid ungeduldig. Es hielt ihn kaum noch in der Höhle. Am liebsten wäre er sofort losgeflogen.
Ylvia hob ratlos ihre Flügel. »Wo sollen wir suchen?«
»Ein Heilmittel findet man bei einem Heiler«, antwortete da eine helle Stimme.
Dragid wandte sich zum Höhleneingang um. »Ein guter Wind möge dich in die Höhe tragen!«, rief er Filana Funkenflug zu. Etwas Besseres als die übliche Begrüßung fiel ihm gerade nicht ein. Er wusste nicht, was er der jungen Drachenprinzessin sagen sollte, deren Mutter wie leblos vor ihren Füßen lag.
Die junge Drachin antwortete mit einem Flügelschlag, und winzige Funken tanzten um sie herum. Doch diesmal sahen die Lichtblitze nicht fröhlich aus wie sonst.
Adino sprang auf die Füße und lief auf Filana zu. »Kleine Drachenprinzessin!«, rief er überrascht. »Wie groß du geworden bist!«
Das letzte Mal, als sie sich gesehen hatten, war Filana noch fast ein Baby gewesen.
Filana begrüßte ihn mit einem traurigen Schnauben. »Adi-

no, Freund der Drachen vom Volk der Salamandermenschen, wirst du uns ins Regenbogenland begleiten?«

»Wäre ich sonst hier?«, fragte Adino.

»Sie hat recht!«, rief Dragid. »Wir müssen ins Regenbogenland zu unserem Freund Lesovarnea, dem Heiler und Magier!« Er dachte an den weisen alten Mann, der ihnen schon einmal geholfen hatte. Damals mussten sie aus dem Wald der Schatten entkommen. Ohne ihn und seinen fliegenden Palast wäre die Flucht vor der gemeinen Waldfee Wanda und den Noddoks, diesen schrecklichen Kobolden, kaum möglich gewesen.

»Dann lasst uns sofort aufbrechen!« Filana schlug ungeduldig mit Schwanz und Flügeln, und immer mehr Funken stoben durch die Gegend.

Ylvia schüttelte den Kopf. »Es tut mir leid, Filana, aber du kannst nicht mitkommen. So eine weite Strecke schaffst du noch nicht.«

»Ich kann fliegen!« Filana stampfte wütend mit dem Fuß auf. »Ihr habt selbst gesagt, dass ich großes Talent habe.« Die Drachenprinzessin klang beleidigt.

»Natürlich hast du Talent«, sagte Dragid schnell. »Aber man braucht auch Erfahrung und Ausdauer für eine so weite Reise. Um ins Regenbogenland zu gelangen, müssen wir das Meer der Schäume überqueren. Und das ist alles andere als ungefährlich!«

»Aber ich muss unbedingt dabei helfen, das Heilmittel für

meine Mutter zu finden!« Sie blinzelte, und Dragid sah Tränen in ihren Augen schimmern. »Immerhin ist sie wegen mir in dieser Lage!«

»Du kannst nichts dafür!«, widersprach er ihr. »Der Basilisk wollte dich schon entführen, als du noch als winziges Drachenbaby im goldenen Ei lagst. Wie es aussieht, bildet er sich immer noch ein, er könnte Herrscher über die Drachen und das Feuerland werden.«

»Wenn du deiner Mutter beistehen willst, dann bleib bei ihr und kümmere dich um sie«, sagte Ylvia. »Und keine Angst: Otronias Höhle wird jetzt Tag und Nacht von den besten Feuerspeiern bewacht werden.«

»So schnell wird sich der Basilisk nicht mehr blicken lassen«, meinte Filana.

»Ich sah, wie er floh. Sein Gefieder brannte. Selbst wenn er es löschen konnte, wird er eine Weile flugunfähig sein.«

»Wenigstens eine gute Nachricht.« Ylvia legte ihren Flügel um die Drachenprinzessin. »Glaube mir, es ist besser, wenn du hierbleibst.«

Filana schwieg.

2. KAPITEL

Weit über dem Meer der Schäume flogen Dragid und Ylvia durch die Lüfte.

Der Himmel war klar, und das Meer lag wie ein endlos glänzender Teppich aus Sonnenfunken unter ihnen. Adino hielt sich sicher auf Dragids Rücken. Im Lauf der Zeit war der Salamanderjunge zu einem perfekten Drachenreiter geworden. Er winkte der Wolfsdrachin Ylvia zu, die neben Dragid langsam, aber kraftvoll ihre Flügel schwang. »Wieso fliegen wir eigentlich so hoch?«

»Damit uns das Rauschen der schäumenden Wellen nicht erreichen kann«, antwortete Ylvia und schnaufte. Die letzte Pause auf dem Gipfel des großen Sonnenstichs, einem riesigen Felsen im Reich der Feen, war schon wieder eine ganze Weile her.

»Das Rauschen der Wellen?«, fragte Adino verständnislos.

Ylvia nickte bloß. Für lange Erklärungen fehlte ihr die Puste.

»Da ist eine Insel!«, rief Adino. »Wie wär's mit einer kurzen Zwischenlandung und ein paar süßen Feigen?«

»Wir sollten dem Rauschen nicht zu nahe kommen«, meinte Dragid und schaute auf die Insel hinab. Sie wirkte freundlich und einladend, doch Dragid traute dem harmlosen Schein nicht. Taro, ihr alter Lehrer, und die anderen erfahrenen Drachen hatten vor den Gefahren des Meeres und den Lockrufen der Schäume gewarnt.

»Was soll schon passieren, wenn wir auf der Insel landen?«, fragte Adino. »Dort werden uns die Wellen nicht erreichen.«

»Eine kleine Pause wäre wirklich nicht schlecht«, meinte Ylvia, die fühlte, dass ihre Flügel allmählich schwerer wurden. »Wenn wir im Sturzflug hinabtauchen und genau in der Mitte der Insel ankommen . . .«

»Nein«, sagte Dragid entschieden. »Wir dürfen kein Risiko eingehen!«

Er warf noch einen Blick hinab. Da bemerkte er ein rotes Wesen. Es musste ein großer Vogel sein – vielleicht ein Phönix?

Plötzlich vernahm Dragid ein ohrenbetäubendes Kreischen hinter sich. Adino schrie erschrocken auf und geriet ins Rutschen, im letzten Moment konnte sich der Junge am Rücken des Drachen festhalten. Im nächsten Augenblick sah Dragid einen riesigen Adler vor sich. Mit weit aufgerissenem Schnabel rauschte der Raubvogel heran. Dragid fauchte drohend und streckte die Krallen aus. Aber der Riesenadler schien es gar nicht auf ihn abgesehen zu haben.

Wie ein Pfeil zog er an ihm vorbei und sauste hinab, geradewegs auf das rote Wesen zu.
»Filana!«, schrie Ylvia entsetzt.
Filana? Einen Wimpernschlag lang zögerte Dragid verwirrt. War sie ihnen etwa doch gefolgt? »Halt dich fest!«, befahl er Adino, dann legte er die Flügel an und sauste dem Adler im Sturzflug nach. Adino umklammerte seinen Hals, und Dragid raste so schnell abwärts, dass er kaum Luft bekam.
Aber der Adler war schneller.
Je tiefer sie hinabflogen, umso blendender wurde die Farbe des Eilandes. Dragid blinzelte. Am liebsten hätte er die Augen vor den grellen Strahlen geschlossen. Außerdem fühlte er, dass es heißer wurde, je näher sie der Insel kamen. Dann sah er die ersten Wellen: Der Schaum tanzte auf ihnen und bildete geheimnisvolle Formen.

Es waren Fratzen aus Tausenden weißen Bläschen, grinsende Gesichter mit spitzen Zähnen und langen schlängelnden Zungen. Eine verführerische Melodie ertönte. Einen Moment dachte Dragid daran, auf der Insel zu landen und der Melodie zu lauschen. Noch nie hatte er eine so wunderschöne Musik vernommen. Doch dann schoss der Adler an ihm vorbei in die Höhe und kreischte ihn an. In seinen gewaltigen Fängen hing Filana! Ihre Augen waren geschlossen. War sie verletzt?

»Lass den Adler nicht entkommen!«, schrie Adino da. Dragid stieß ein lautes Brüllen aus, um den Gesang der Wellen zu übertönen. Dann folgte er dem Adler. Filana! Er musste Filana retten!

Mit ein paar schnellen Flügelschlägen erreichte er den Greifvogel. Als er sorgenvoll nach Filana Ausschau hielt, öffnete die Drachin ihre Augen. Verwundert blickte sie sich um. Dann schlug sie mit dem Schwanz, und Funken rieselten vom Himmel wie Sternschnuppen.

»Du kannst mich jetzt loslassen!«, rief sie.

Der Adler flog weiter, als hätte er die Worte nicht gehört, und richtete seinen scharfen Blick warnend auf Dragid. Filana zappelte und schlug mit dem Schwanz wild um sich, und plötzlich ließen die riesigen Klauen des Adlers ihre Beute frei. Die Drachenprinzessin wirbelte durch die Luft, wie ein Vogel, der aus dem Nest fiel. Aber dann breitete sie ihre Schwingen weit aus und stieg mit schnellen kräftigen Bewegungen in die Höhe.

»Flieg schnell weg!«, rief Dragid. »Ich werde ihn aufhalten!« Doch als er sich auf den Adler stürzen wollte, flatterte Filana auf ihn zu.

»Der Adler hat mich gerettet!«, stieß sie hervor. »Die Melodie der Schäume hatte mich angelockt, und ich wollte auf der Insel landen. Aber dann wurde es heiß, entsetzlich heiß!«

Der Adler stieß ein Zischen aus, das wie ein verächtliches Lachen klang. »Eine Insel?« Er schüttelte den Kopf. »Meine lieben Himmelsstürmer, wie ahnungslos seid ihr? Warnte euch niemand vor den Tücken des Meeres der Schäume? Wer in das Loch fällt, in dem die Sonne badet, verbrennt mit Haut und Haar oder auch mit Schuppen und Krallen! Doch Lesovarnea, mein Herr und Meister, konnte euch sehen, und er sandte mich aus, um euch zu beschützen.«

Dragid hörte dem Adler verwirrt zu. Die Insel war also gar keine Insel, sondern eine tödliche Falle. Und der Riesenadler, den er für einen Feind gehalten hatte, war ein Gesandter des Magiers Lesovarnea, also ein Freund seines Freundes.

Der Adler stieg in die Höhe und drehte eine majestätische Runde über ihnen.

»Filana«, rief Ylvia, die mit schwerem Flügelschlag angeflogen kam. »Dem Himmel sei Dank, du bist unverletzt. Aber . . . was suchst du hier?«

»Das Gleiche wie ihr«, antwortete sie trotzig. »Ein Heilmittel. Und sagt mir jetzt nicht, dass ich umkehren soll, weil ich nur ein Drachenkind bin – denn das werde ich nicht tun!« Filana schwang sich zu dem Adler hinauf. »Zeigst du uns den Weg?«, rief sie ihm zu. »Wie heißt du eigentlich?«

Der Adler zog mit seinen weit ausgebreiteten Riesenschwingen einen weiteren Kreis, ehe er antwortete. »Ich bin Karik, der Greif, und ich bin der Wächter des Regenbogens. Und nun kommt mit mir!« Mit stolz in den Himmel gerecktem Haupt flog er voran, und die Drachen folgten ihm.

3. KAPITEL

Plötzlich bemerkte Dragid ein Glitzern, das schnell auf sie zukam. Ein Schwarm kleiner flimmernder Vögel näherte sich ihnen. Wie eigenartig! Sie waren durchsichtig wie Regentropfen, und als die Sonne auf sie fiel, wurden ihre Flügel leuchtend bunt. »Sie sehen aus wie ein fliegender Regenbogen!«, rief Filana begeistert.

Der Adler, der die glitzernden Flugkünstler nicht zu beachten schien, wandte sich den Drachen zu. »Jetzt findet ihr den Weg auch allein«, bemerkte er knapp, stieg mit einem Flügelschlag in die Höhe und schwebte davon.

»Was sind das für Vögel?«, fragte Dragid.

»Vögel?« Ylvia schnaubte. Mit ihrem Wolfsblick konnte sie besser sehen als Dragid. »Das sind Regentropfenforellen.«

Bald wurden die Drachen von Hunderten fliegenden Fischen umschwirrt. »Wir begrüßen den Träger des Regenbogens und seine Freunde!«, riefen sie im Chor.

»Fliegt herein! Fliegt herein!«, sangen sie weiter. »Lesovarnea erwartet euch!«
Als Dragid durch das Portal der Fische sauste, ließ sich eine kleine Forelle neugierig auf dem Zeichen nieder, das er auf der Hand trug. Der alte Taro hatte ihm das Symbol des Regenbogens einst für seine Flugkünste verliehen.
»Bist du Dragid Feuerherz?«, zwitscherte die Regentropfenforelle aufgeregt. »Fips ist mein Name! Wollen wir Freunde sein?«
Bevor er antworten konnte, ertönte ein Pfiff, und die Forelle zuckte bedauernd mit den Flossen. »Muss zurück«, tschilpte sie hastig und flatterte zu ihrem Schwarm.
Als der Drache aufsah, erschien ein gewaltiger Berg am Horizont. Der Gipfel ragte bis weit in die Wolken hinein.
»Das ist es!«, rief Ylvia. »Das Regenbogenland ist selbst ein Regenbogen!«
Jetzt erkannte es auch Dragid: Der Berg war gar kein Berg. Ein gigantischer Bogen wölbte sich über den nächsten gigantischen Bogen. Und jeder hatte eine andere Farbe – schwarz war der unterste, dann folgten Grün, Rot, Blau und Gelb.
»Oh, heiliges Drachenfeuer!« Filana ließ ihren Schwanz durch die Luft sausen, dass die Funken nur so stoben. »Das Land ist nicht weit, sondern hoch!«
Die Regentropfenforellen geleiteten sie auf etwas zu, das aussah wie eine gläserne grüne Wand. Doch kurz bevor sie

dagegen stoßen mussten, öffnete sich die Farbe wie ein Zelt und ließ sie ein. Dragid sah unter sich eine türkis schillernde Straße und dunkelgrüne Häuser. Aus den Fenstern flatterten Tücher in allen Farben. Da erblickte er den Palast des Magiers. Weiche Farben wehten den Drachen entgegen, die wie bunte Wolken aussahen. Sie umhüllten die ankommenden Gäste und zogen sie sanft mit sich. Dann öffnete sich auch schon das Tor, das größer wurde, je näher die Drachen kamen, sodass sie bequem in den Palast fliegen konnten.

Lesovarnea saß auf einem Regenbogenthron, der fünf gewölbte Stufen hatte.

»Leso!«, rief Filana, als sie den Magier sah.

Als der Magier die Drachen erblickte, ließ er sich auf eine Farbenwolke fallen und schwebte ihnen ein Stück entgegen. »Seit ich euch kenne, meine Freunde, übe ich mich in der Kunst des Fliegens«, sagte er zur Begrüßung. »Nur wollen mir leider keine Flügel wachsen. Seid willkommen, Drachen aus dem Feuerland, und auch du Adino, vom Volk der Salamandermenschen.«

Die Drachen neigten höflich ihre Köpfe, und Adino hob feierlich die Hand. Nur die Drachenprinzessin flatterte aufgeregt um den Magier herum.

»Filana Funkenflug, du bist ja eine richtige Drachendame geworden!«, staunte Lesovarnea. »Und du kannst jetzt fliegen, wie wunderbar!«

»Danke, dass du uns Karik, den Greif, gesandt hast!«, rief die Drachin.
Der Magier winkte ab. »Wozu hat man Freunde?« Er blickte zu Dragid und Ylvia hinüber, die sich schweigsam im Palast umsahen. »Aber wie ich sehe, sind eure Herzen bekümmert. Also sprecht: Was führt euch zu mir?«
»Unsere Drachenkönigin Otronia hat die schwarze Krankheit«, sagte Dragid ohne Umschweife und berichtete, was geschehen war.

Lesovarnea nickte nachdenklich. »Es betrübt mich, euch in solch schwerer Sorge zu sehen.«

Der Magier schwebte auf der Farbenwolke zu Filana und streichelte mitfühlend ihren Kopf.

»Aber ich werde alles tun, was in meiner Macht steht, um euch zu helfen.«

»Gibt es ein Heilmittel?«, fragte Ylvia geradeheraus. Ihr Wolfsschwanz schlug ungeduldig durch die Luft.

Lesovarnea schwieg eine Weile. Er schloss die Augen und strich sich langsam über seinen langen weißen Bart. Seine Lippen bildeten Worte, die allerdings nicht zu hören waren. Die Farbenwolke wurde plötzlich grau wie Nebel, und Dunstschleier zogen um die dunkle Gestalt des Magiers herum. In dem Zylinder, den er trug, begann es, sich zu regen. Es war keine gewöhnliche Kopfbedeckung, sondern ein lebendiger Hut, der sich aus schwarzen Spinnen, Käfern und Würmern zusammensetzte. Die Hutbewohner schienen aufgebracht zu sein. Sie krabbelten wild durcheinander.

Schließlich hob Lesovarnea beide Hände und sagte in einem merkwürdig knarrenden Ton: »Nur die singende Quelle kann die Drachenkönigin retten! Bringt Otronia das heilende Wasser aus der singenden Quelle!«

4. KAPITEL

Lesovarnea öffnete die Augen und lächelte. »Was habe ich gesagt?«, fragte er mit seiner normalen Stimme.
Dragid blickte ihn erstaunt an. »Du hast von der singenden Quelle gesprochen.«
»Ah, die singende Quelle!« Der Magier rückte seinen Zylinder zurecht. Das Getier darin hatte sich wieder beruhigt.
»Wer aus dieser Quelle trinkt, beginnt zu singen«, erklärte der Magier.
»Und das genügt?«, fragte Ylvia zweifelnd.
»Hast du schon mal jemanden, der singt, schlafen sehen?«, fragte Lesovarnea.
Die Drachin schüttelte den Kopf. »Wo können wir diese Quelle finden?«
»Tja, ich gebe zu, das ist nicht ganz einfach«, antwortete der Magier. »Sie ist nicht immer am gleichen Ort. Sie wandert von einem Bogen unseres Landes zum anderen.«
»Was soll das bedeuten?«, fragte Adino etwas unwirsch.
»Nun, wenn sie nicht hier im Erdbogen ist, könnte sie auch im Wasserbogen oder im Luftbogen sein. Nur dass sie sich

in der Unterwelt oder im Reich des Feuers aufhält, würde ich mal ausschließen. Sie wandert von Gebiet zu Gebiet und bleibt nirgendwo sehr lange.«

»Aber wieso?«, fragte Filana mit einem Hauch Verzweiflung in der Stimme.

»Das Singen der Quelle ist für das Regenbogenland ein wichtiges Schutzschild gegen die bösen Mächte der Unterwelt«, erklärte Lesovarnea. »Ihre Töne sind so etwas Ähnliches wie ein Mückennetz gegen blutgierige Mücken, versteht ihr? Kurz gesagt: Wenn die Quelle verstummt, könnte das äußerst gefährlich werden.«

»Soll das heißen, sie versteckt sich?«, fragte Dragid.

Lesovarnea nickte.

»Vor wem?«, fragte Adino. Der Salamanderjunge packte seinen Bogen fester. In seinen Augen blitzte es.

»Vor den schwarzen Rittern aus der Unterwelt. Sie sind auf der Suche nach der Quelle, um sie zum Verstummen zu bringen und die Macht über das Regenbogenland zu erlangen«, erklärte Lesovarnea.

»Auch das noch«, seufzte Filana verzagt.

»Keine Sorge«, meinte der Magier. »Die schwarzen Ritter sind nichts als ein wilder Haufen. Solange das Tor zur Unterwelt verschlossen bleibt und die schwarzen Ritter keinen Anführer haben, also keinen klugen Kopf, der ihnen hilft, werden sie ihren Plan schwerlich umsetzen können.«

»Und was machen wir jetzt?«, fragte Filana.

Lesovarnea strich sich nachdenklich durch den Bart. »Nicht weit von hier gibt es eine Schatzkammer, in der Heilmittel aufbewahrt werden. Auch etwas Wasser aus der singenden Quelle ist dort zu finden. Vielleicht genügt die Reserve ja, um Otronia zu retten.«
»Na also, dann lasst uns aufbrechen!«, rief Adino ungeduldig.

Wenige Augenblicke später flogen sie über die Täler und Hügel, Dörfer und Städte des grünen Bogens. »Wir befinden uns hier im Erdreich des großen Regenbogens«, erklärte Lesovarnea, der kerzengerade und mit flatterndem Mantel auf Dragids Rücken saß. »Über uns wölben sich die Reiche Feuer, Wasser und Luft.«
»Und der schwarze Bogen?«, fragte Ylvia atemlos. Auf ihr ritt Adino, und obwohl er nicht sehr schwer war, brachte sein Gewicht sie aus der Puste.
»Dort in der Tiefe liegt die Unterwelt«, antwortete Lesovarnea seufzend.
Dragid fühlte plötzlich das Pochen in dem Mal auf seiner Stirn, das ihn immer vor Gefahren warnte. Gerade wollte er den Magier fragen, was die schwarzen Ritter bereits so alles angerichtet hatten, da rief Lesovarnea auch schon: »Landen! Wir müssen landen!«
Als sie wieder festen Boden unter den Füßen hatten, fiel der Schatten eines großen Baumes auf sie. Erstaunt bemerkte

Dragid, dass jeder Ast anders aussah, und an jedem Zweig wuchsen Blätter und Blüten verschiedener Formen und Farben.
Lesovarnea legte seine Hand auf die Rinde des Baumes. »Selaham efnadam«, murmelte er. Der Stamm und die Äste begannen, zu knarren und zu knirschen. Wurzeln schoben sich aus der Erde, sie drückten Moos, Sand und Gestein beiseite, und eine Tür mit geheimnisvollen Zeichen wurde sichtbar. Augen und Hände, Sterne und Kreuze waren in das alte verwitterte Holz geritzt worden. Über den Einkerbungen wölbte sich ein Regenbogendach.
»Was bedeuten die seltsamen Muster?«, fragte Filana neugierig.
»Es sind Schutzsymbole. Sie sollen die finsteren Mächte der Unterwelt davon abhalten, die Schatzkammer der Heilmittel zu betreten«, erklärte Lesovarnea.
Dragid spürte plötzlich das Mal auf seiner Stirn warnend pochen und blickte besorgt in die Dunkelheit hinab. Lauerte dort unten etwas Böses auf sie?

5. KAPITEL

Eine Schatzkammer hatte Dragid sich anders vorgestellt. In alten Märchen und Legenden des Feuerlandes waren Drachen nicht selten die Hüter von Gold, Schmuck und Edelsteinen gewesen. Doch in dieser Kammer gab es weder funkelnde Diamanten noch glitzernde Halsketten. Nicht einmal eine einzige goldene Münze konnte Dragid entdecken. Stattdessen standen verschiedene Gefäße ordentlich beschriftet in Regalen. Einige Kisten und Fässer waren verschlossen, in den Körben lagen ganz normale Dinge: Rinde und Wurzeln, Federn und Muscheln, Blätter und Blüten, getrocknete und frische Früchte, Pilze und Kräuter. In einem Regal fanden sich Tonkrüge, in denen Flüssigkeiten aufbewahrt wurden: Milch verschiedener Säugetiere, Obstsäfte und Heilwasser. Es duftete süßlich in der Kammer, wie nach verwelkten Blumen.

Lesovarnea lief, gefolgt von seinen Gästen, von Regal zu Regal. Er las die Beschriftungen und schaute in dem einen und dem anderen Gefäß nach. Auf seiner Stirn erschien eine sorgenvolle Falte.

»Was ist das hier alles?«, fragte Filana neugierig und deutete auf die Regale.
»In dieser Schatzkammer werden Heilmittel aufbewahrt. Sozusagen für Notfälle. Wenn jemand von einer Flatterschlange gebissen wurde oder einen giftigen Moskitopilz gegessen hat, findet man hier das Gegengift. Außerdem gibt es Essenzen und Tinkturen gegen schlimme Krankheiten, zum Beispiel gegen Trollwut oder gegen Scharlaria. Wenn sich jemand böse verletzt, kann er sich aus der Kammer die blutstillenden Blätter der Wunderlinde holen. Beinahe gegen jedes Leid ist also etwas da.«
»Auch gegen die schwarze Krankheit?«, fragte Adino.
Lesovarnea nickte. »Mit dem Wasser aus der singenden Quelle wurde ein Tontopf gefüllt, also genug, um Drachenkönigin Otronia zu heilen. Aber ich kann das Gefäß nirgends finden!«
»Kann ich euch helfen?«, fragte plötzlich eine ölig glatte Stimme.
Aus einer dunklen Ecke trat ein Mann hervor. Er war lang und dünn und mit einem eisgrauen eleganten Anzug bekleidet, auf dessen Schultern scharfe Dornen saßen. Alles an ihm schien eckig zu sein. Das Kinn war ebenso spitz wie seine Nase. Seine Ohren wirkten so kantig wie Pfeilspitzen, und seine Brauen wölbten sich in Form von Dreiecken über seinen Augen. Seine Hautfarbe sah ungesund blass aus, und sein Gesicht schimmerte weiß wie Schnee, nur die

kurzen stachligen Haare waren schwarz wie die Nacht. In seinem Blick flackerte eine merkwürdige Unruhe.

»Grondos!«, rief Lesovarnea erstaunt. »Ich wusste gar nicht, dass du zum Wächter der Schatzkammer bestimmt wurdest. Darf ich vorstellen: Grondos ist ein Magier aus dem Reich des Erdbogens. Meine Gäste hier sind Drachen aus dem Feuerland, und Adino gehört zu den Salamandermenschen aus der Blauen Wüste.«

Grondos hob die Augenbrauen. »Kann ich euch helfen?«, wiederholte er.

»In der Tat«, murmelte Lesovarnea. »Meine Freunde und ich suchen nach dem Topf mit dem Wasser der singenden Quelle. Kannst du uns sagen, wo er steckt?«

»Er ist nicht hier«, sagte Grondos kalt.

»Wie ist das möglich?«, fragte Lesovarnea.

Grondos zuckte mit den Achseln. »Vielleicht ist das Wasser für einen Notfall verbraucht worden?«

»Davon habe ich nichts gehört«, entgegnete Lesovarnea. »Ich fürchte, das Gefäß wurde gestohlen.«

Grondos lachte mit blecherner Stimme. »Wer sollte einen Topf mit Wasser stehlen?«

Lesovarnea presste die Lippen zusammen. Seine Augen wurden zu schmalen Schlitzen. Die Stille knisterte in der Kammer wie Feuer. »Du weißt so gut wie ich, dass die schwarzen Ritter hinter der singenden Quelle her sind«, sagte er schließlich.

»Aber ein einfacher Tontopf ist noch nicht die Quelle«, entgegnete Grondos. »Du siehst Gespenster!«
»Gespenster sind mir immer noch lieber als die finsteren Wesen der Unterwelt«, erwiderte Lesovarnea.
»Die schwarzen Ritter gehören zum Regenbogenland wie du und ich«, meinte Grondos.
»So lange sie keinen Ärger machen und Unfrieden über uns alle bringen, solltest du hinzufügen«, sagte Lesovarnea.
»Wie dem auch sei: Ich habe den schwarzen Rittern keinen Zutritt zur Schatzkammer verschafft. Aber vielleicht hast du das Tor zur Unterwelt nicht gut genug kontrolliert? Schließlich ist das die Aufgabe des Obersten Magiers!«
In Grondos Augen blitzte kalte Wut auf.
»Du kannst gewiss sein, dass ich meine Pflichten erfülle«, erwiderte Lesovarnea ruhig. »Ich hoffe, du kannst das Gleiche von dir sagen.«

Grondos schnaubte verächtlich. »Da kannst du Gift drauf nehmen, mein Lieber.«

Lesovarnea lachte. »Das hättest du wohl gern, was? Dann wärst du wieder Oberster Magier.«

Grondos schwieg. Doch sein Gesicht wurde so eisgrau wie sein Anzug.

Dragid schlug beunruhigt mit dem Schwanz. Das warnende Pochen zwischen seinen Augen war noch heftiger geworden. Er schloss die Lider und sah mit dem Mal auf seiner Stirn in die dunklen Winkel hinein. Er vermochte es, damit Dinge zu sehen, die anderen verborgen blieben. Vielleicht konnte er seine Gabe auch hier nutzen?
Doch es war nichts Auffälliges zu erkennen. Allerdings lag in einer Ecke etwas Glänzendes auf dem Boden. Eine Scherbe? Oder eine Münze?
»Da ist etwas«, flüsterte er Adino ins Ohr. Der Salamanderjunge folgte seinem Blick und nickte. Flink, auf leisen Sohlen huschte Adino in die Ecke und hob das Teil auf.
Grondos und Lesovarnea standen sich mit vor der Brust verschränkten Armen gegenüber und maßen sich mit feindseligen Blicken. »Das Mittel, das ihr sucht, ist nicht da. Also solltet ihr gehen«, sagte Grondos. Abrupt wandte er sich von Lesovarnea ab, lief an den Regalen vorbei und riss die Tür auf.
»Kommt«, sagte Lesovarnea leise und verließ, ohne Grondos noch eines Blickes zu würdigen, die Schatzkammer.

Schweigend flogen die Drachen mit Lesovarnea und Adino zurück zum Farbenpalast.
»Das gefällt mir nicht«, murmelte Lesovarnea bedrückt. Er betrachtete das kleine glänzende Fundstück, das Adino ihm gegeben hatte, mit großer Sorge. »Der Tontopf mit

dem Quellwasser ist verschwunden. Grondos benimmt sich merkwürdig, und das hier sieht aus wie eine Metallschuppe aus dem Panzerhemd eines schwarzen Ritters.«
»Wieso sollte jemand das Heilwasser stehlen?«, fragte Dragid.
»Nun, es besitzt magische Kräfte, kann verschiedene Krankheiten heilen und vertreibt den Schlaf. Außerdem hält sich das hartnäckige Gerücht, die singende Quelle habe die Macht, demjenigen, der jeden Tag von ihr trinkt, Unsterblichkeit zu verleihen. Ein Märchen«, sagte Lesovarnea und verzog spöttisch das Gesicht. »Aber manche glauben an Märchen, als wären sie Tatsachen.«
»Wer ist dieser Grondos eigentlich?«, fragte Ylvia.
»Grondos war bis vor Kurzem noch Oberster Magier des Regenbogenlandes«, erzählte Lesovarnea. »Aber er hat sich einiges zuschulden kommen lassen. Einmal vergaß er, das Tor zur Unterwelt zu verschließen, und ein Feuerteufel konnte entweichen. Der Feuerteufel schleuderte Blitze auf Häuser, und es gab schreckliche Brände. Das Regenbogenvolk war wütend auf Grondos, und dann wählten sie mich zum Obersten Magier.« Lesovarnea holte tief Luft. »Das ist eine hohe Verantwortung, wie ihr euch denken könnt.«
»Vielleicht hat Grondos die schwarzen Ritter in die Schatzkammer gelassen?«, fragte Dragid.
Lesovarnea nickte nachdenklich. »Die schwarzen Ritter sind bekannt für ihre Untaten. Plündern und Rauben sind

sozusagen ihre Hobbys. Sie nehmen fast alles mit, was ihnen in die Finger gerät. Es ist strengstens verboten, Wesen aus der Unterwelt in die Schatzkammer zu lassen.«

»Aber deutet die Schuppe aus dem Ritterhemd nicht darauf hin, dass die schwarzen Ritter das Heilmittel gestohlen haben?«, fragte Adino.

Lesovarnea seufzte. »Allerdings. Doch ich vermute, dass es mit diesem Diebstahl mehr auf sich hat, als es auf den ersten Blick scheint. Vielleicht wollte jemand den Verdacht auf die schwarzen Ritter lenken. Jeder weiß, dass sie Räuber sind. Oder, was noch schlimmer wäre, die finsteren Burschen haben einen Verbündeten gefunden, der ihnen dabei hilft, die Macht im Regenbogenland zu übernehmen.«

»Und du meinst, Grondos könnte dieser Verbündete sein?«, fragte Ylvia leise.

»Das ist ein böser Verdacht, aber es gibt keinen Beweis«, erwiderte der Magier.

»Fakt ist, der Topf mit dem Quellwasser ist verschwunden«, stellte Adino ungeduldig fest.

Filana schluchzte plötzlich. »Heißt das, meine Mutter muss sterben?«

»Keineswegs, kleine Drachenprinzessin. Das heißt, ihr müsst die singende Quelle suchen«, sagte Lesovarnea. »Und wenn ihr eure Talente gemeinsam nutzt, werdet ihr sie auch finden.«

Ylvia begann, unruhig auf und ab zu laufen. »Wo sollen wir diese Quelle denn aufspüren? Wir kennen uns in deinem Land nicht aus.«

»Die Heimat der Quelle liegt im Wasserbogen«, sagte der Magier. »Vielleicht solltet ihr mit eurer Suche dort beginnen. Dazu müsst ihr durch den roten Bogen hindurch, also durch das Reich des Feuers.«

»Zu den Phönixen?«, fragte Adino. In seinen Augen funkelte Abenteuerlust.

Lesovarnea nickte. »Leider kann ich euch nicht begleiten.

Ich muss das Tor zur Unterwelt kontrollieren. Wenn die schwarzen Ritter tatsächlich zu uns gelangen konnten, muss irgendjemand es geöffnet haben.«

»Und wie kommen wir in den roten Bogen hinauf?«, fragte Dragid.

»Ihr könnt in den Kamin steigen und mit den Farben reisen«, schlug der Magier vor. »Doch Vorsicht: Die Phönixe haben ein hitziges Temperament.«

Ylvia schnaufte ungläubig. »Wir sollen ins *Feuer* gehen?«

Lesovarnea lächelte und hielt seine Hand in die Flammen. »Der Feuerschein ist nur ein Scheinfeuer. Ein Spiel der Lichter und Farben. Zugegeben, es ist ein bisschen warm, aber keineswegs so ungemütlich heiß wie richtige Flammen. Es kann sein Aussehen verändern, wenn euch das lieber ist.« Der Magier schnipste mit den Fingern. Der flackernde Schein wurde auf einmal grün und bekam violette Tupfen.

»Ja, worauf warten wir!«, rief Adino plötzlich und stieg in den Kamin.

Die Drachen sahen einander ratlos an, dann flatterte Filana dem Salamanderjungen nach. Ylvia folgte ihr mit einem Sprung.

Dragid warf Lesovarnea noch einen zögernden Blick zu, ehe auch er in das Scheinfeuer trat.

6. KAPITEL

Der flackernde Schein im Kamin kam Dragid so vor wie ein warmer Sommerwind. Die grünen Schleier mit violetten Punkten wirbelten um ihn herum und umhüllten ihn. Plötzlich schob sich eine Windbö unter seine Flügel, und er spürte, wie er sanft angehoben wurde. Er flog, oder besser gesagt, schwebte, ohne dass er sich bewegte. Der Schacht des Kamins führte immer weiter in die Höhe, und es wurde wärmer und wärmer. Dragid fühlte Schweißtropfen auf seiner Stirn. Dann flog er plötzlich aus dem Schacht hinaus und kreiste über einer kargen Gebirgslandschaft, aus der sich ein großer Vulkan erhob. Ein spärlicher Strom von Lava sickerte aus seinem Krater. Der Anblick ließ Dragid stutzen – die Vulkane in Feuerland sahen viel kraftvoller aus als dieser hier. Was war mit ihm los? Aber er hatte keine Zeit, darüber nachzudenken.

Ylvia, Filana und Adino saßen auf einem Baum, an dem seltsame Früchte hingen, die wie glühende Beeren aussahen.

Adino, der es sich in einer Astgabel gemütlich gemacht hatte, knabberte bereits an einer Frucht.

»Sie sind hart wie Nüsse«, stellte Adino fest. Ein bisschen zu warm für meinen Geschmack, aber lecker«, meinte er schmatzend.

»Wir müssen so schnell wie möglich weiter!«, drängte Dragid und blickte nach oben. Über ihnen lag ein uferloses Blau, aber ein Himmel war es nicht. Es sah eher wie eine glasharte Wand aus. Wie sollten sie bloß in den Bogen des Wassers hinaufgelangen?

Plötzlich schoss eine helle Flamme aus einem Zweig. Filana stieg erschrocken in die Luft. Dragid und Ylvia folgten ihr. Nur Adino saß noch auf dem Baum. Ein Rauschen fuhr durch die Äste, und die Früchte schaukelten hin und her. Der flackernde Feuerschein wurde größer und größer und formte sich zu einem prächtigen goldglänzenden Vogel.

»Wer wagt es«, zischte der Phönix, »wer wagt es, von unseren Sternschnuppenbeeren zu essen?« Ein zweiter und dritter Ast begannen zu brennen, und ein zweiter und dritter Vogel erschienen.

»Ich wage es!«, rief Adino. »Meint ihr, ich habe Angst vor euch Piepmätzen?«

Der erste Phönix schwang seinen Flügel, und eine Flamme fraß sich über den Ast bis zu Adino vor. Der Salamanderjunge wartete unbeeindruckt, bis die Feuerzunge schon an seinem Fuß leckte. Dann erst sprang er von dem Baum hinunter. Die Phönixe jagten ihm nach und zogen immer engere Kreise um ihn.

Adino riss einen Pfeil aus seinem Köcher und spannte den Bogen. Die Phönixe ließen brennende Federn auf ihn regnen.

»Nein!«, schrie Ylvia da und flog auf die Vögel zu. »Haltet ein! Wir sind Feuerwesen wie ihr! Adino, steck deinen Pfeil weg!«

Widerstrebend ließ Adino den Bogen sinken.

»Wie könnt ihr Feuerwesen sein?«, fragte der zweite Phönix. »Du siehst aus wie ein Wolf mit Flügeln. Und der Junge da ist ein frecher Dieb! Und ein Dieb hat Strafe verdient! Die Früchte des Sternschnuppenbaums sind nur für unsere Jungtiere bestimmt!«

»Wir sind Drachen aus dem Feuerland!«, rief Ylvia. Dragid und Filana landeten neben ihr, und die drei umringten schützend ihren Freund. »Adino ist ein Salamanderjunge aus der Blauen Wüste und begleitet uns. Er wusste nicht, dass er die Beeren nicht essen darf.«

»Ihr könnt so viele brennende Federn auf mich werfen, wie ihr wollt!«, fügte Adino unbedacht hinzu. »Salamandermenschen haben eine feuerfeste Haut.«

»Wie kommt ihr überhaupt in unser Reich?«, fragte der dritte Vogel.

»Leso Obermagier!«, stieß Filana mit den Flügeln schlagend hervor. Wenn sie aufgeregt war, ließ sie sich manchmal nicht die Zeit für ganze Sätze. »Feuerschein! Scheinfeuer! Kamin!« Ein paar Funken stoben umher.

Die Phönixe flogen nun neugierig auf Filana zu. »Dann bist du Prinzessin Funkenflug?«, fragten sie. »Die Tochter der Drachenkönigin?«

Filana reckte den Hals. »Die bin ich!«

»Sie ist es!«, riefen die Phönixe im Chor. »Sie ist es! Prinzessin Funkenflug!«

»Wir suchen nach der singenden Quelle«, erklärte Ylvia. »Königin Otronia hat die schwarze Krankheit.«

Aber die Phönixe beachteten Ylvia gar nicht. Wild mit ihren Schwingen schlagend, umkreisten sie die Drachenprinzessin. Dragid legte schützend einen Flügel um Filana. »Lasst sie ja in Ruhe!«, stieß er knurrend aus.

Mehr und mehr Phönixe kamen herbeigeflogen. Sie ließen sich auf dem Sternschnuppenbaum nieder und steckten

ihre Schnäbel zusammen. »Sie ist es! Sie ist es! Prinzessin Funkenflug!«

Bald gab es kein freies Plätzchen mehr auf den Ästen, und es sah aus, als stünde der ganze Baum in Flammen.

»Was wollen die von mir?«, fragte Filana eher neugierig als ängstlich.

»Keine Ahnung«, gab Dragid zu. Er bemühte sich, groß und mächtig zu erscheinen und den Phönixen zu zeigen, dass seine Krallen scharf und spitz waren. Aber genügte das, um Filana zu schützen?

Plötzlich flog der Phönix mit dem goldglänzenden Gefieder zu den Drachen hinab. »Verehrte Prinzessin aus dem

Feuerland«, sagte er galant und verbeugte sich. »Mein Name ist Goldschwinge. Im Namen aller Phönixe heiße ich dich und deine Freunde willkommen! Wir haben schon viel von dir gehört.«

Filana machte, etwas verwirrt, einen Knicks. »Was habt ihr denn gehört?«

»Lesovarnea erzählte uns von der Perle des Lichts, die schon beinahe erloschen war. Ein einziger Funke von dir genügte, um sie wieder leuchten zu lassen. Aber das ist noch nicht alles, was wir wissen. Du kommst in der Prophezeiung vor.«

»Welche Prophezeiung?«, fragte Dragid.

Der Phönix schwang seine glühenden Flügel und sang mit klarer Stimme:

»Den einen Funken müsst ihr finden,
die Geister des Feuers an euch zu binden!
Ist der Vulkan erst grau und tot,
folgt eine Eiszeit in dem Bogen des Rot!
Sucht nach Prinzessin Funkenflug –
ein Lichtblitz von ihr ist schon genug!«

Dragid dachte an den kränklichen Vulkan, den er bei seiner Ankunft gesehen hatte. Wahrscheinlich war es höchste Zeit, ihn wieder zum Lodern zu bringen.
»Was muss ich tun?«, fragte Filana.
»Folge uns hinauf zum Krater des Berges«, antwortete Goldschwinge.

Kurze Zeit später kreisten Filana, Ylvia und Dragid mit Adino auf dem Rücken über dem einst mächtigsten Berg des Regenbogenlandes. Der Schwarm der Phönixe umringte sie, und Goldschwinge erwartete die Drachenprinzessin am Rand des Kraters.
»Das Gestein wird von Tag zu Tag kühler«, sagte er besorgt. »Eine Eiszeit wäre das Ende unseres Reiches und das Ende aller Phönixe.«
Filana blickte hinab. »Und du meinst, ich muss nur hier sitzen und einen Funken fallen lassen?« Der Vulkan war so tief, dass sie den Grund nicht erkennen konnte.

Goldschwinge schüttelte den Kopf. »Du musst hinabfliegen.«
»Wer sagt das?«, brauste Dragid auf.
»Die Prophezeiung«, antwortete Goldschwinge. »Es gibt noch zwei Zeilen . . .«
»Und die lauten?«, fragte Ylvia.
Goldschwinge räusperte sich, dann reckte er den Hals und sang:

»Doch muss sie allein in die Tiefe tauchen.
Erst dann kann Vulkanos wieder rauchen!«

Dragid schnaufte wütend. »Das kommt nicht infrage. Ich werde sie begleiten!«
Filana versetzte Dragid einen sanften Stups. »Ich bin kein Drachenbaby mehr! Lass es mich versuchen!«
»Wenn Filana euch hilft, zeigt ihr uns dann den Weg in den Bogen des Wassers?«, fragte Ylvia den Phönix.
»Ich gebe euch mein Wort«, antwortete Goldschwinge.
Filana zögerte nicht länger. Sie holte tief Luft, dann stürzte sie kopfüber in die Tiefe. Dragid blickte ihr voller Sorge nach. Sturzflüge in einen Abgrund waren sogar für einen erfahrenen Drachen schwierig. »Viel Glück!«, rief er.
Doch von Filana war schon nichts mehr zu sehen und zu hören. Der Vulkan schien sie einfach verschluckt zu haben.

7. KAPITEL

Lasst mich hinuntersteigen«, bot Adino an. Der Salamanderjunge war ein geübter Kletterkünstler. Er bewältigte sogar die steilsten Bergwände.

»Das ist in der Prophezeiung nicht vorgesehen«, sagte Goldschwinge.

»Aber . . .«, begann Adino zu protestieren, doch da glomm in der Tiefe etwas auf wie ein Glühwürmchen. »Seht doch!«, flüsterte Ylvia, als könnte der Funken durch ein lautes Wort wieder erlöschen.

Und dann begann ein warmer Feuerschein im Innern des Berges zu pulsieren. Eine dünne Rauchsäule stieg in die Höhe, und auf einmal flog Filana aus dem Krater hinaus. Stolz winkte sie Dragid zu. »Ich habe doch gesagt, ich bin kein Baby mehr!«

Dragid lächelte und blickte in den Krater hinab. Die Lava des Vulkans glühte und leuchtete nun wieder mit ganzer Kraft.

Die Phönixe zogen einen feurig glänzenden Kreis um Filana. »Nimm dieses Geschenk als Zeichen unseres Dankes,

Prinzessin Funkenflug!«, sprach Goldschwinge. Zwei Jungvögel sausten auf Filana zu und legten ihr eine Kette mit einer edel schimmernden Feder um den Hals. »Solltest du einmal unsere Hilfe brauchen, halte die Feder in einen Feuerstrahl!«, rief Goldschwinge.

Die Jungvögel flatterten um Filana herum und sangen:

»Siehst du in die Augen des Ungeheuers,
halte die Feder in den Strahl des Feuers!
Wir Phönixe aus dem Bogen des Rot
helfen dir in der größten Not!«

»Folgt mir, Drachen aus dem Feuerland!«, rief Goldschwinge einen Moment später. »Im Tal der Dämpfe gibt es eine magische Fontäne. Alle drei Tage schießt sie ihr Wasser in die Höhe, und in wenigen Augenblicken ist es wieder so weit. Sie ist die einzige Verbindung zwischen dem roten und dem blauen Bogen.«

Die Gegend, in der sie landeten, war öde und karg. Über die Erde zogen Dampfschleier, die aussahen wie Wolken, die vom Himmel gefallen waren.

Goldschwinge deutete auf einen flachen, kreisrunden Krater, der in der Mitte des Tales lag. In ihm wirbelte klares Wasser im Kreis herum. »Beeilt euch, begebt euch über diesen Strudel dort! Es ist gleich so weit!«

Ohne zu zögern, folgten die Drachen der Aufforderung. Adino klammerte sich an Dragids Hals fest.

»Die Phönixe wünschen euch eine gute Reise, Prinzessin Funkenflug!«, rief Goldschwinge. »Wir stehen für immer in eurer Schuld!«

Plötzlich hörte Dragid ein lautes Zischen, und ehe er dazu kam, noch einen Blick hinabzuwerfen, sauste er schon mit einer gewaltigen Geschwindigkeit in die Höhe. Noch nie in seinem Leben war er so schnell geflogen! Und dann war auf einmal Wasser rings um ihn herum. Er schien auf einem Meer zu treiben. Es leuchtete türkis, und kleine Wellen schwappten ihm entgegen.

Neben ihm schwammen Ylvia und Adino.

Wo steckte Filana? Dragid drehte sich einmal um sich selbst und rief ihren Namen.

Und schließlich tauchte der rote Kopf der jungen Drachin auf.

»Alles in Ordnung«, keuchte Filana. »Ich bin im Gestrüpp der Wasserpflanzen hängen geblieben. Aber die kleine Nixe hat mir geholfen.« Filana schaute sich suchend um. »Wo steckt sie eigentlich?«

Eine Flosse leuchtete zwischen den Wellen auf und verschwand sofort wieder.

Dragid spürte, dass ihm etwas um die Beine schwamm und an seinen Füßen zog. Das Meer war klar, und jetzt konnte er die Nixe erkennen, die wie ein Fisch in Zickzack-Linien davonhuschte. Adino sauste ihr ein Stück nach, dann kehrte er um. »Das müsst ihr euch ansehen!«, rief er. »Da unten steht eine Korallenstadt!«

Dragid zögerte. Sie hatten keine Zeit für Besichtigungen. Sie mussten die Quelle finden! Doch wo? Das Meer umgab sie, so weit das Auge reichte. Es war kein Land in Sicht. Vielleicht konnte die Nixe ihnen ja weiterhelfen?

Die Korallen auf dem Meeresboden leuchteten in den kräftigsten Farben. Überall flimmerte und flirrte es. Fischschuppen leuchteten, Muscheln schimmerten, Schnecken glänzten. Dragid schwamm Filana nach, dicht gefolgt von Ylvia. Die Stadt lag erstaunlich nah unter ihnen.

Doch Dragid machte sich Sorgen. Filana hatte erst kürzlich schwimmen gelernt, und unter Wasser hielt sie es nur ein paar Augenblicke aus. Aber da drehte sich die Drachenprinzessin um. »Sieht es nicht toll aus hier?«, rief sie.
»Ja, wunderschön«, antwortete Dragid mechanisch. Und jetzt erst merkte er es: Er konnte unter Wasser atmen! Dragid wandte sich der Wolfsdrachin zu, die ihm mit zusammengepresstem Maul folgte. »Ylvia!«, rief er.

Verwirrt blickte sie ihn an, doch schnell begriff sie und lachte schnaufend.
Vor dem Tor der Korallenstadt schwamm ein Rochen langsam hin und her. Wie es aussah, war er der Wächter. Doch er schien über die Ankömmlinge schon Bescheid zu wissen und machte eine einladend winkende Wellenbewegung.
Es war die wunderlichste Stadt, die Dragid je gesehen hatte. Manche Korallen sahen wie Pilze aus, andere wie seltsame Blumen. Schwärme von Fischen waren unterwegs. Bunte Krabben schauten mit ihren Stielaugen neugierig aus den Felsspalten. Seepferdchen schwirrten an ihm vorbei, und ein Tintenfisch schob sich über den Meeresboden. Hinter einer Fächerkoralle entdeckte Dragid die kleine Nixe, die ihn neugierig anstarrte. Ihre Augen leuchteten so grün wie ihr geschuppter Schwanz. Sie streckte ihm die Zunge heraus, schlug mit ihrem Fischschwanz und bewegte sich schlängelnd auf ein riesiges rundes Gebilde mit langen Stacheln zu. Eine Tür öffnete sich, und die Nixe verschwand. Dragid traute seinen Augen nicht: Die Meerjungfrau wohnte in dem Gehäuse eines gigantischen Seeigels!
»Ganz schön clever, in so einer Burg zu leben, was?«, fragte Adino, der zusammen mit Filana neben ihm auftauchte, beeindruckt.
»Dieser Seeigel ist mindestens so riesig wie die Höhle von Königin Otronia!«, rief Dragid.

»An dieses stachlige Ding wagt sich bestimmt nicht einmal ein Hai«, sagte Filana.
»Sie hat die Tür aufgelassen. Dann ist das wohl eine Einladung«, meinte Ylvia und schwamm voraus.
Leuchtende Quallen erfüllten den Seeigel-Saal mit einem geheimnisvoll bläulichen Licht. Die kleine Nixe schaute hinter einem Algenvorhang hervor. »Habe ich ›Herein‹ gesagt?«, fragte sie.
»Die Tür stand offen«, sagte Ylvia. »Und wir möchten dich gern etwas fragen.«
»Erst frage ich«, bestimmte die Nixe. »Bist du ein Wolf oder ein Drache?«
»Ein Drache«, antwortete Ylvia. »Und meine Frage lautet: Weißt du, wo wir die singende Quelle finden können?«
»Ja, weiß ich«, sagte die Nixe. »Ihr könnt sie dort finden, wo sie ist. Aber hier ist sie nicht.«
»Wie ist dein Name?«, fragte Filana und wagte sich vorsichtig ein Stück vor. »Willst du nicht zu uns herauskommen?«
»Wie ist dein Name?«, fragte die Nixe. »Willst du nicht zu mir hereinkommen?«
»Ich bin Filana«, sagte Filana. »Und dies sind Ylvia, Dragid und Adino. Wir sind hier, weil meine Mutter, die Drachenkönigin, sehr krank ist. Nur die singende Quelle kann ihr helfen.«
Die kleine Nixe seufzte. »Warum hast du das nicht gleich

gesagt? Mein Name ist Mariella. Und die beiden Leuchtquallen da heißen Schwips und Schwaps. Aber wenn du mir das glaubst, bist du selbst schuld.«
»Weißt du nun etwas über die Quelle, oder nicht?«, fragte Dragid ungeduldig.
»Wenn du ein bisschen netter zu mir bist, dann erzähle ich dir vielleicht etwas über sie, Träger des Regenbogens.«
Endlich kam Mariella aus dem Algenversteck heraus.
»Stimmt es, dass du Wasser speist statt Feuer?«
Dragid nickte.
»Ich habe schon einiges über euch gehört«, sagte die Nixe.
»Lesovarnea brachte viele komische Geschichten mit aus eurem Feuerland. Aber ich hatte noch nie Drachen zu Besuch.«
Die Nixe blinzelte Adino zu. »Und so ein süßer Junge wie du war auch noch nicht hier.« Sie spitzte die Lippen und küsste das Wasser, das zwischen ihnen lag.
Der Salamanderjunge lächelte verlegen. »Mariella, hilfst du uns?«
»Das kommt darauf an«, antwortete sie und schwamm dicht an Adino heran.
»Worauf?«, fragte er etwas nervös und wich ein kleines Stück zurück.
»Wenn du den Stein besorgen kannst, den der Klabautermann geklaut hat, verrate ich euch vielleicht, wo ihr die singende Quelle finden könnt.«

8. KAPITEL

Adino seufzte. »Wovon redest du? Von welchem Klabautermann?«

Mariella kam schon wieder ganz nah an ihn heran und zupfte jetzt sogar an seinem Zopf. »Ich rede von dem Klabautermann, der auf dem versunkenen Schiff gewohnt hat«, antwortete sie. »Er wollte der beste Unfugmacher im Wasserbogen sein, und es hat ihm nicht gefallen, dass ich mehr Streiche ausheckte als er. Deshalb hat er sich einen wirklich üblen Schabernack ausgedacht. Er zog einen blauen Stein aus der Wand des Wasserbogens und versteckte ihn im versunkenen Schiff. Und dann ist er einfach auf und davon! Er wollte sich ein neues Schiff suchen. Aber ich weiß nicht, wo.«

»Was ist denn an dem Stein so besonderes?«, knurrte Adino ungnädig. Es passte ihm ganz und gar nicht, dass Mariella an seinem Zopf zog.

»Gar nichts. Nur ist er leider der einzige, der in das Loch in der Wand passt. Und jetzt gibt es da ein Leck, aus dem das Wasser nicht zu uns hineinläuft, sondern hinaus-. Kapiert?

Zum Glück ist es ein kleines Loch, trotzdem haben wir schon viel Wasser verloren. Es rinnt durch die Wand ins Meer der Schäume!«

»Verstehe«, sagte Dragid. »Ohne den Stein sitzt ihr irgendwann auf dem Trocknen.«

Die kleine Nixe schluchzte plötzlich und schnaubte in ein grünes Algenblatt.

»Keine Sorge«, sagte Filana mitfühlend. »Adino ist der beste Fährtenleser aller Zeiten. Wenn einer diesen Stein findet, dann er.«

»Wehe, wenn nicht«, jammerte Mariella. Sie streckte schon wieder die Hand nach seinem Zopf aus, doch Adino sprang mit einem Satz zur Tür. »Na, dann wollen wir den Stein mal suchen!«, rief er.

Mit schwungvollen Bewegungen schwamm die kleine Nixe voraus. Sie sah sich immer wieder nach Adino und den Drachen um, lächelte und winkte. »Seht ihr, da vorn ist es schon!«

Das Schiffswrack lag schwer wie ein Felsen auf dem Boden des Meeres. Es war mit Algen, Schlick und Seepocken besetzt, aber an dem Mast hing noch ein Rest einer schwarzen Flagge, auf der ein weißer Totenkopf zu erkennen war.

»Piraten!«, sagte Adino erstaunt. »Was ist mit der Mannschaft passiert?«

Mariella nahm ihn an die Hand und zog ihn mit sich. »Was soll schon passiert sein? Sie feierten ein paar wilde Feste, und als der Rum alle war, haben sie auf das nächste Schiff gewartet, das sie kapern konnten. Das ist schließlich ihr Job. Nur der Klabautermann ist geblieben.« Ohne Adino loszulassen, schwamm sie mit ihm über die Reling an Deck, und die Drachen folgten ihnen.

»In dem Laderaum da hat er gelebt, und dort muss er auch den Stein versteckt haben.« Mariella zeigte auf eine geschlossene Luke.

»Wieso tauchst du nicht hinab und suchst selbst?«, fragte Dragid. Er spürte ein Pochen auf seiner Stirn, das allmählich stärker wurde. Das war eindeutig eine Warnung!

»Weil ich nur eine arme wehrlose Nixe bin und auf Helden wie euch gewartet habe.« Mariella legte den Kopf schief und klimperte mit den Wimpern. »Nein, im Ernst: Da unten gibt es kein Wasser. Der Klabautermann hat irgendeinen Zaubertrick benutzt, damit in dem Laderaum nichts ist als Luft. Außerdem führt nur eine schmale Leiter hinab. Und vielleicht könnt ihr mir mal verraten, wie ich mit einem Fischschwanz klettern soll? Ich würde mir alle Gräten brechen!«

Dragid nickte. Was die Nixe erzählte, klang einleuchtend. Aber konnten sie ihr trauen? »Irgendetwas ist da«, murmelte er, als würde er zu sich selbst sprechen. »Irgendetwas Unheimliches.«

»Ja, wahrscheinlich Staub, Schmutz und gruslige Spinnweben«, sagte Adino leichthin und befreite sich sanft aus der Umklammerung der Nixe. Er öffnete die Laderaumluke mit einem einzigen Ruck und blickte hinab. »Ziemlich dunkel da unten«, stellte er fest. Doch schon im nächsten Moment kletterte er abwärts.

»Pass auf dich auf«, sagte die Nixe ganz leise.

9. KAPITEL

Mariella lag auf dem Bauch und versuchte, in den finsteren Raum zu spähen. »Adino, geht's dir gut?«, fragte sie zum dritten Mal.

Doch man hörte nur ein lautes Poltern und einmal auch ein wütendes Fluchen. Dann war es still.

»Adino?« Die Stimme der Nixe klang ganz dünn.

»Alles in Ordnung. Ich hab ihn!«, rief der Junge da. Doch plötzlich schrie er laut und erschrocken auf. Rasend schnell schoss eine schwarze Gestalt aus der Tiefe, rannte zum Bug des Schiffes und schwamm davon. Dann schob sich Adinos Kopf aus der Öffnung. »Was war das?«, fragte er verblüfft.

»Ein schwarzer Ritter«, sagte die Nixe zerknirscht. »Hab ich vergessen, dir das zu sagen? Er haust da in dem dunkelsten Winkel. Im Bauch eines Piratenschiffes ist es beinahe so finster wie in der Unterwelt. Hast du den Stein?«

Langsam streckte Adino seinen Arm vor und öffnete seine Faust. Ein blauer Stein, der wie das Meer leuchtete, lag auf seinem Handteller. Die Nixe wollte ihn schnell greifen, doch Adinos Finger schlossen sich noch schneller um ihn. »Erst sag uns, was du weißt!«

Mariella verzog beleidigt das Gesicht. »Ich kann nichts dafür«, sagte sie bockig.

»Wofür?«, fragte Ylvia.

»Die singende Quelle ist nicht mehr hier«, gab die Nixe kleinlaut zu.

»Nicht mehr hier?« Dragid schnaufte. »Was soll das heißen?«

Mariella begann, zu schluchzen. »Der schwarze Ritter ist hinter ihr her. Er handelt im Auftrag von Grondos, dem Magier. Das habe ich heimlich belauscht. Aber ich konnte die singende Quelle noch rechtzeitig warnen. Sie ist jetzt an einem sicheren Ort.« Die Nixe warf einen Blick nach oben.

»Aber wozu braucht dieser Grondos ein Heilmittel, wenn er gar nicht krank ist?«, fragte Filana und stampfte wütend mit dem Fuß auf. Ein paar Funken sprühten auf die Planken des Schiffes und stoben über das Deck.

»Wer die Macht hat über die singende Quelle, hat die Macht über das Regenbogenland, denn ihr Gesang ist unser Schutz. Wer von der Quelle trinkt, beginnt, zu singen. Und wer singt, schläft nicht . . . und wer jeden Tag von der Quelle trinkt und jeden Tag singt, stirbt nicht. Grondos glaubt, dass das Wasser aus der Quelle ihn unsterblich macht.« Die Nixe schüttelte den Kopf und verzog den

Mund, als würde sie an einer Zitrone lutschen. »Wenn ihr mich fragt, hat der Kerl ein paar matschige Algen hier oben.« Sie tippte sich an die Stirn.

Dragid und Ylvia tauschten einen besorgten Blick.

»Die singende Quelle befindet sich übrigens im Bogen der Luft«, sagte Mariella hastig und mit einem Zittern in der Stimme. »Bekomme ich jetzt den Stein?«

Adino zögerte einen Moment. »Weißt du es nicht ein bisschen genauer?«

Die Nixe seufzte. »Ihr müsst in den Bogen der Luft und mit den Elfen sprechen.« Sie schwamm dicht an Adino heran, nahm ihm den Stein einfach aus der Hand und küsste ihn auf die Wange. »Du kannst mich jederzeit besuchen kommen, mein Schatz. Und dies hier ist für dich.« Feierlich überreichte sie ihm einen weißen Pfeil mit einem Haizahn als Spitze. »Er besitzt die Kraft des Wassers«, fügte sie hinzu. »Wenn du einmal einen kräftigen Strom brauchen solltest . . . schieß einfach! Der Wasserstrahl kann bissig sein wie ein Hai und Böses vertreiben.«

Adino drehte den magischen Pfeil ehrfürchtig in seinen Händen. »Danke!«, rief er überrascht.

Mariella winkte ihm zu, stieß sich von den Planken des Schiffes ab und glitt schlängelnd davon. Doch nach ein paar Flossenschlägen wandte sie sich noch einmal um und rief: »Worauf wartet ihr? Schwimmt hinauf, und folgt dem aufsteigenden Nebel!«

Über der Wasseroberfläche kräuselten sich dunstige Schleier, und die Drachen segelten langsam durch sie hindurch. »Da vorn!«, rief Ylvia und flog auf eine bläuliche Nebelsäule zu, die aussah wie ein langer geflochtener Zopf, der aus dem Himmel hing. Im Näherkommen bemerkte Dragid, dass der Nebel nach oben stieg. »Halt dich fest!«, rief er Adino zu, dann startete er als Erster steil in die Höhe. Er war froh, dass er endlich wieder durch die Luft brausen konnte. Der Wind pfiff ihm entgegen, und er atmete tief ein.

Doch obwohl er schnell flog, hatte er das Gefühl, langsam und lautlos wie der Nebel dahinzutreiben. Und es nützte auch nichts, kräftiger mit den Flügeln zu schlagen. Nur allmählich kamen sie dem Bogen der Luft näher. Doch schließlich stießen sie durch hell leuchtendes Gewölk. Dragid landete auf einer Wolke, die besonders dick und flauschig war, und sah sich um. »Das gibt's doch nicht«, murmelte er.

Unzählige Augenpaare blickten den Ankömmlingen schläfrig entgegen. Die Drachen waren mitten in einer Herde von Doppelkopfschafen gelandet! Die Lämmer rupften mit ihren doppelten Mäulern Watte aus den Wolken und kauten genüsslich.

»Verzeiht bitte die Störung«, sagte Ylvia höflich zu den Wolltieren und räusperte sich. »Wir sind auf der Suche nach ...«

Ein Kichern unterbrach sie, und dann huschten zwei Gestalten hinter einem Wolkenberg hervor und surrten durch die Luft. Sie hatten kindliche Gesichter und lange, silbrig glänzende Haare.

Ihre Flügel waren aus hauchzarten Federn und schimmerten perlmuttfarben.
»Lacht ihr über uns?«, fragte Filana, halb empört und halb belustigt. Sie war bis zum Hals in einer Wolkenmulde versunken.
»Wieso sprecht ihr mit den Doppelköpfigen?«, fragten die Wesen zurück.
»Nun, ich dachte, die Schafe könnten mir eine Antwort geben«, sagte Ylvia verblüfft.
»Die Doppelköpfigen sprechen nur mit sich selbst. Der eine Kopf fragt, und der andere antwortet, und dann natürlich umgekehrt«, erklärte das größere der Wesen. »Sie reden nicht mit Fremden.«
»Gehört ihr zu den Elfen?«, fragte Adino. »Mariella, die Nixe, meinte, die Elfen könnten uns weiterhelfen.«
»Ich bin Izul«, sagte der kleinere Elf, »und dies ist Cyril. Natürlich sind wir Elfen. Oder sehen wir vielleicht aus wie Eulen oder Fledermäuse? Wenn wir lachen, blüht im Erdreich der weiße Flieder, oder es fällt Schnee, je nach Jahreszeit.«
»Interessant«, sagte Dragid und tänzelte ungeduldig auf der Wolke herum. »Aber wir müssen die singende Quelle finden, um das Leben unserer Drachenkönigin zu retten.«
»In der Tat, dann seid ihr hier richtig«, stellte Cyril fest. »Leben retten fällt durchaus in unser Gebiet. Allerdings … Ihr stammt nicht von hier, also braucht ihr einen Bürgen aus dem Regenbogenland, wenn wir euch helfen sollen.«

»Himmel, Donner und Vulkanausbruch!«, fluchte Dragid und riss mit seinen Krallen ein Loch in die Wolke. »Versteht ihr denn nicht . . .?«

Die Schafe hörten auf, zu kauen, und hoben träge ihre Doppelköpfe.

»Ich verbürge mich«, zwitscherte es da plötzlich, und etwas schimmerte wie Regen im Sonnenlicht und ließ sich auf Dragids Stirn nieder.

»Die kleine Regentropfenforelle!«, rief Filana und klatschte begeistert.

»Ich verbürge mich für meine Freunde«, sang Fips.

»Danke«, flüsterte Dragid bewegt und schielte für einen Moment glücklich die Forelle an, die sich jetzt auf seine Nüstern setzte.

»Vorschrift ist Vorschrift«, sagte Izul. »Können wir den Bürgen gelten lassen?«

»Können wir«, antwortete Cyril. »Kommen wir nun also zu den drei Rätseln.«

»Drei Rätsel?« Ylvia ließ einen grollenden Wolfston hören.

»Vorschrift«, murmelte Izul. »Ihr müsst jemanden von euch bestimmen. Nur einer darf für alle sprechen. Ebenfalls Vorschrift.«

Dragid sah Ylvia an. Auch Adino und Filana richteten ihre Blicke auf die Wolfsdrachin. »Die Wahl ist getroffen«, zirpte die Regentropfenforelle.

Ylvia knurrte, als wollte sie widersprechen. Aber als sie

Filanas Augen erwartungsvoll leuchten sah, brummte sie: »Also gut.«

Cyril zupfte sich eine Feder aus seinem Flügel und schüttelte sie, bis der Kiel sich schwarz verfärbte. Ein Tropfen Tinte perlte aus der Spitze und hinterließ einen Klecks auf Cyrils Hand. Izul reichte ihm ein weißes Wolkenblatt. Cyril strich sich das silberne Haar aus der Stirn, dann schrieb er und sprach:

»Ich bin schön und unentbehrlich,
aber auch nicht ungefährlich.
Wer mich liebt, kommt mir doch nicht zu nah.
Trink ich Wasser, bin ich bald nicht mehr da.«

Ylvia überlegte. »Also . . . du bist schön, unentbehrlich und gefährlich«, murmelte sie. Ihre Wolfsohren zuckten nervös. »Du bist das Feuer!«

Cyril verzog mürrisch das Gesicht. »Sehe ich vielleicht aus, als würde ich brennen?«, fragte er, doch dann lachte er laut. »Feuer ist richtig!«

»Jetzt ich!«, rief Izul und schwang auch schon die Feder.

»Ich liege im Bett, auch wenn ich nicht müde bin.
Ich laufe und habe doch keine Füße.
Wer in mich blickt, kann sich selbst erkennen.«

Ylvia starrte das Wolkenblatt nachdenklich an.

Auf dem watteweichen Untergrund zerliefen die Buchstaben etwas. »Du bist das Wasser, oder?«

»Oder was?«, fragte Izul. »Eine falsche Antwort und das Spiel ist vorbei.«

»Wasser«, wiederholte Ylvia.

Izul seufzte tief und bekümmert. Aber dann kicherte er. »Stimmt!«

Cyril zog ihm die Feder aus der Hand. »Nun das dritte Rätsel«, verkündete er.

»Wieso darfst du zweimal?«, maulte Izul. Aber Cyril achtete nicht darauf. Er schrieb schon und las gleichzeitig vor:

»Du siehst mich nicht und hörst mich nicht.
Du spürst mich nicht und riechst mich nicht.
Aber ohne mich kannst du nicht sein.«

Ylvias Wolfsschwanz schlug unruhig hin und her. Die beiden Elfen starrten sie an und warteten auf die Antwort. Ylvia zögerte.

»Nun?«, fragte Cyril.

»Die Luft«, antwortete Ylvia.

»Das war viel zu einfach«, murrte Izul.

Cyril zuckte nur die Schultern. Er klatschte in die Hände, und die Doppelkopfschafe machten blökend den Weg frei und bildeten eine Gasse. Izul machte eine einladende Handbewegung. »Und nun folgt uns!«

10. KAPITEL

Sie flogen durch eine Landschaft, die ganz und gar aus Wolken bestand.

Dragid sah flockige Berge, die sich zu einem mächtigen Gebirge auftürmten. Schwärme von Papageien zogen pfeifend und schnatternd an ihnen vorbei.

»Sag mir, Fips, wie kommt es, dass du allein unterwegs bist?«, fragte Dragid die Regentropfenforelle, die dicht neben seinem Gesicht schwirrte. »Hast du uns gesucht?«

»Gesucht«, bestätigte Fips. »Probleme mit schwarzen Rittern.«

»Was für Probleme?«, hakte Ylvia erschrocken nach.

»Steckt Lesovarnea in Schwierigkeiten?«, fragte Dragid beunruhigt.

»Steckt in Schwierigkeiten«, antwortete der Fisch.

»Oh nein!«, entfuhr es Ylvia. »Was ist passiert?«

»Schlimmes passiert«, antwortete Fips.

Gerade wollte Dragid auf eine genauere Antwort drängen, als die Elfen auf eine schwere graue Wolke zusteuerten. Sie sah aus wie eine große Burg, die sich an einen noch größeren Berg lehnte. Zielstrebig flogen Cyril und Izul in die Wolke hinein, und Dragid und seine Freunde folgten ihnen. Sie landeten in einem Saal, in dem es außer ein paar hohen Säulen nicht viel gab. Ab und zu tropfte ein dicker Regentropfen von der Decke. »Ihr wartet hier!«, befahl Cyril knapp und verschwand mit Izul hinter einer dunklen schweren Tür.

»Wo sind wir hier eigentlich?«, fragte Adino.

»Sieht aus, als wären wir im Innern einer Gewitterwolke«, meinte Dragid.

Ylvia spitzte die Ohren. »Hört ihr das?«

Jetzt nahm auch Dragid ein Plätschern wahr, das nicht weit entfernt schien.

»Es klingt wie Musik!« Filana flatterte in die Höhe. »Hörst du das, Fips?«

»Lied! Ein Lied!«, zwitscherte Fips.

Es dauerte nicht lange, da erschienen die Elfen wieder. »Dragid Feuerherz«, sagte Cyril beinahe feierlich. »Die singende Quelle wünscht, dich zu sprechen.«

Zögernd wandte sich Dragid zu Ylvia um. »Nun geh schon!«, sagte sie lächelnd.

Die Elfen führten ihn durch einen dunklen regennassen Gang. Sie sprachen kein Wort mit ihm, und Dragid spürte ein mulmiges Gefühl in seinem Bauch. Ohne seine Freunde fühlte er sich allein. Wenn wenigstens Ylvia bei ihm wäre!

Auf beiden Seiten des Ganges standen Reiher, deren lange Schnäbel ziemlich gefährlich aussahen. Doch sie neigten ihre Köpfe vor den Ankömmlingen und öffneten das Tor am Ende des Ganges.

Dragid hörte das Plätschern jetzt ganz deutlich. Es wurde zu einer rauschenden Melodie.

Aber ein heller Strahl blendete ihn so stark, dass er die singende Quelle nicht gleich sehen konnte. Er blinzelte verwirrt, dennoch dachte er daran, sich zu verneigen und seinen Namen zu nennen.

»Ich habe schon von dir gehört, Drache mit dem Feuerherzen«, sang die Quelle. »Was ist es, was euch zu mir bringt?«

»Die Sorge um unsere Drachenkönigin. Sie . . .« Dragid fühlte ein Kratzen im Hals und schluckte. »Sie hat die schwarze Krankheit.«

»Dann stimmen also die schlimmen Gerüchte«, sang die Quelle weiter. Eine Weile sprach sie kein einziges Wort. Dragid vernahm ein helles Sprudeln – es klang wieder wie Musik, nur war die Melodie jetzt traurig. »Ich will dir gerne helfen, Drache mit dem Feuerherzen. Allerdings kannst du das Heilwasser nur unter einer Bedingung erhalten. Nenne mir die Bestimmung, die im Regenbogenland auf dich wartet!«

Dragid schwieg vor Schreck. Welche Bestimmung? Was meinte die Quelle?

Die beiden Elfen traten feierlich aus dem hellen Schein und hielten ein Gefäß aus Ton in ihren Händen. »Weißt du die Antwort, wird dies dein Lohn sein! Weißt du sie nicht, müsst ihr das Regenbogenland sofort verlassen!«, riefen sie im Chor.

Dragid wünschte, Ylvia wäre an seiner Stelle. Sie hätte bestimmt sofort gewusst, von welcher Bestimmung die Rede war. Einen Moment dachte er, die Quelle meinte sich selbst. Sie wollte, dass er sie beschützte. Denn offenbar war sie in Schwierigkeiten, weil die schwarzen Ritter und Grondos hinter ihr her waren. Aber es erschien ihm unwahrscheinlich, dass sie die Frage stellte und gleichzeitig die Antwort war.

Er schloss die Augen und sah Filana vor sich, die mit einem Funken den Vulkan zum Glühen brachte. Dann dachte er an Adino, der den blauen Stein für die Nixe gefunden hatte. Und Ylvia? Sie hatte ihren Verstand benutzt und jedes Rätsel richtig beantwortet. Doch was war mit ihm selbst? Welche Bestimmung wartete auf ihn? Er hatte die Gefahr von Anfang an gespürt. Die Gefahr, die von Grondos ausging. Das Mal auf seiner Stirn hatte es ihm längst gesagt, und er spürte es auch jetzt dumpf pochen. »Ich fürchte, ich weiß nicht, von welcher Bestimmung du sprichst«, gab er zu. »Doch Lesovarnea befindet sich in großer Not. Die schwarzen Ritter bedrohen ihn. Und ich werde ihm helfen!«

Hatte er die falsche Antwort gegeben? War jetzt alles verloren? Aber was auch immer die Quelle sagen würde: Er wusste, dass er seinem Freund zu Hilfe eilen und ihn retten musste.

Dragid öffnete die Augen und erkannte die beiden Elfen, die ihm das Tongefäß reichten.

»Möge das Wasser die Drachenkönigin heilen«, sang die Quelle. »Möge eure gemeinsame Kraft die Mächte des Bösen besiegen.«

11. KAPITEL

Adino saß auf Dragids Rücken und hielt den Krug mit dem Heilwasser stolz in die Höhe. »Wir haben es geschafft!«, rief er. »Nun lasst uns aufbrechen und Otronia den Trunk so schnell wie möglich bringen!«

Dragid schwieg. Adino hatte recht. Seine Freunde mussten zurück ins Feuerland.

Die Elfen öffneten das Wolkentor. Weit unter ihnen lag das Meer der Schäume. Gischt tanzte auf den Wellen.

»Worauf wartet ihr?«, fragte Izul. »Macht euch auf den Heimweg. Der Wind steht gut.«

Dragid schüttelte den Kopf. »Ich kann nicht«, sagte er leise und warf Ylvia einen Blick zu. »Ihr müsst ohne mich zurück. Lesovarnea befindet sich in Gefahr.«

»Wir fliegen nicht ohne dich«, knurrte Ylvia. »Und außerdem lassen wir keinen Freund im Stich.«

»Aber Lesovarnea ist ein großer Zauberer«, widersprach Adino. »Glaubt ihr nicht, dass er sich selbst zu helfen weiß?«

»Wir werden Lesovarnea gemeinsam beistehen!«, bestimmte Filana plötzlich mit energischer Stimme. »Auch Otronia würde das so wollen.« Die Phönixfeder, die sie trug, blinkte auf, und Dragid betrachtete die Drachenprinzessin verwundert. Kaum zu glauben, wie sie sich in so kurzer Zeit verändert hatte! Sie war jetzt kein kleines Drachenkind mehr.

Cyril räusperte sich. »Ich habe diese Entscheidung erhofft«, gab er zu. »Unsere Wünsche werden euch begleiten und auch dies hier.« Er zog sich drei Strähnen aus seinem langen silbernen Haar und band sie schnell und geschickt um das Zeichen des Regenbogens auf Dragids Hand. »Wenn du die Knoten löst, wird die Kraft des Windes euch beistehen.«

Dragid sauste im Sturzflug hinab. Erst in Höhe der glasigen Wand des Erdreiches drehte er eine ratlose Runde. Wie sollten sie in den grünen Bogen hineingelangen? Doch kaum hatte er sich die Frage gestellt, als er ein Rauschen hörte, das ihm bekannt vorkam.

»Karik!«, rief Filana. Der Greif stieß ein wildes Kreischen aus, aber er verlor kein einziges Wort. Doch Dragid verstand ihn auch so und folgte ihm. Ein paar Regentropfenforellen schwirrten zur Begrüßung heran, und Fips gesellte sich zu ihnen. »Viel Glück!«, piepste Fips noch und winkte ihnen mit seinen Flügelflossen zu. Und nun öffnete sich die grüne Wand vor dem kräftigen Schnabel des Adlers.

Schweigend ließ der Wächter des Regenbogens sie ein, dann machte er kehrt und flog zurück auf seinen Posten. Sofort bemerkte Dragid, dass es viel dunkler war als bei ihrer ersten Ankunft.

Die Straßen waren düster und leer. Kein einziges Gesicht schaute aus den Fenstern der Häuser, und anstelle der bunten Tücher flatterten schwarze Fahnen an den Fassaden. Noch schlimmer jedoch war es um den Palast des Magiers bestellt. Statt farbiger Wolken wehten ihnen graue Schleier entgegen. Schon von Weitem konnte Dragid erkennen, dass sich Lesovarneas Haus in ein Geisterschloss verwandelt hatte. Die Fenster waren verdunkelt, und es zeigte sich kein Zeichen von Leben.

Ohne zu zögern, flog Dragid direkt auf das finstere Gebäude zu. Er fühlte ein warnendes Stechen in dem Mal auf seiner Stirn, aber er achtete nicht darauf.

»Wo mag nur Lesovarnea stecken?«, fragte Adino auf seinem Rücken.

»Hoffentlich ist ihm nichts passiert«, sagte Filana. Tapfer hielt sie sich an Dragids Seite und ließ sich kein Zeichen von Erschöpfung anmerken.

Ylvia hatte Mühe, ihren Freunden zu folgen. Ihre fellbesetzten Flügel wurden mit jedem Schlag schwerer.

Dragid bemerkte zwei offen stehende Türflügel und steuerte auf sie zu. Es kam ihm jetzt vor, als würde er die Bewegung dunkler Gestalten in dem Raum wahrnehmen. Wurden sie beobachtet? Das Mal zwischen seinen Augen pochte jetzt noch deutlicher. Doch für Furcht blieb ihm keine Zeit. Schon sauste er in den Palast hinein. Plötzlich spürte er, dass etwas über ihn geworfen wurde. Ein Netz aus Eisenketten schnürte seinen Körper ein! Das Metall legte sich kalt und unerbittlich auf seine Schuppen.

Er stieß ein warnendes Gebrüll aus. Doch es war schon zu spät. Auch Filana und Ylvia flogen in die Falle. Jetzt ist alles aus, dachte Dragid, als er Grondos mit einem Schwert bewaffnet und in schwarzer, mit spitzen Stacheln besetzter Rüstung auf sich zukommen sah. Er spürte, dass Adino sich mit Händen und Füßen gegen die Fesseln wehrte. Aber Grondos lachte scheppernd. »Tötet sie!«, befahl er mit metallischer Stimme. Eine Schar von schwarzen Rittern rückte mit gezogenen Waffen näher und näher.
Doch da bemerkte Dragid, dass Filana die Phönixfeder durch die Maschen des Netzes, das sie gefangen hielt, steckte. Beinahe im selben Moment schoss eine Flamme aus Ylvias Rachen. Die goldene Feder brannte lichterloh, und plötzlich stiegen aus ihren Flammen die Phönixe empor!
Im Sturzflug schossen die Feuervögel auf die Ritter zu. Die schwarzen Gestalten zogen ihre Waffen und brüllten. Aber die Phönixe warfen Feuerschlingen und rissen ihnen die Schwerter aus den Händen. Die Ritter fluchten und hoben ihre Schilde. Doch die Flammen züngelten an den Schilden vorbei und drangen durch die Ritzen der Kettenhemden.
Erschrocken wichen die Ritter vor den Vögeln zurück.
Nur Grondos blieb stehen und schlug mit seinem Schwert um sich. Doch alles, was er traf, war das Feuer der Phönixschwingen.

Die schwarzen Ritter flohen vor den Flammen der Phönixe zur Tür hinaus und aus den Fenstern. Doch Grondos gab sich nicht geschlagen. Er hob sein Schwert und zielte auf den Tonkrug in Adinos Armen. Dragid holte tief Luft und spie dem schwarzen Magier mit aller Kraft einen Schwall Wasser entgegen. Von der Wucht getroffen, flog er gegen die Wand des Palastes und blieb besinnungslos liegen.

Die Phönixe kreisten wild durch den Saal. Dann streckten sie ihre Krallen aus, griffen in die Netze und halfen den Drachen und Adino, sich zu befreien.

»Goldschwinge!«, rief Filana. »Ihr habt uns das Leben gerettet!«

»So wie ihr das unsere«, gab der Phönix mit vornehmem Stolz zurück.

Die Vögel schwirrten durch alle Zimmer und Säle des Palastes. Sie entzündeten Kerzen und vertrieben die Dunkelheit. Im flackernden Schein des Lichtes kehrten die ersten Farben in das Schloss zurück und legten sich auf Wände, Decken und Böden.

Die Phönixe verabschiedeten sich einer nach dem anderen mit kunstvollen Flammen, die wie Blüten aussahen. Schließlich brausten sie durch den Kamin, in dem ein zaghaftes Scheinfeuer flackerte. Zuletzt malte Goldschwinge eine Krone für Filana in die Luft, bevor er wie eine Sternschnuppe davonsauste.

Dragid blickte dem verblassenden Feuerschweif von Gold-

schwinge noch nach, da bemerkte er aus den Augenwinkeln eine schwarze Gestalt.
»Ich freue mich, euch zu sehen«, sagte eine matte Stimme. Lesovarnea sah blass und traurig aus, aber er schien nicht verletzt zu sein. »Und ihr habt die singende Quelle gefunden!«
»Leso!«, rief Filana flügelschlagend. Ein paar Funken stiegen auf und tanzten um den Magier herum. »Wir waren in großer Sorge um dich!«
»Was ist passiert?«, fragte Dragid.
»Dieser Grondos hat Schlimmes angerichtet«, berichtete Lesovarnea knapp und streifte den Mann, der auf dem Boden lag, mit einem verächtlichen Blick. »Er war es, der den Topf mit dem Heilwasser aus der Schatzkammer stahl. Und er öffnete das Tor zur Unterwelt. Mithilfe der finsteren Wesen wollte er die Macht im Regenbogenland übernehmen. Sie überfielen den Palast und vertrieben die Farben. Sie wollten mich töten, aber ich konnte mich mit einem Zaubertrunk unsichtbar machen. Und nun ist die Stunde gekommen, die schwarzen Ritter in ihr Reich zurückzuschicken!«
Der Magier trat an die Flügeltür seines Palastes und starrte hinaus. »Sie versammeln sich zum Angriff«, stellte er fest. »Sie fürchten sich vor dem Feuer. Bestimmt ist ihnen schön heiß geworden in ihren Rüstungen. Aber noch mehr fürchten sie das Wasser. In einem Kettenhemd lässt es sich nun mal schlecht schwimmen.«

Lesovarnea wandte sich um und lächelte Adino zu. »Es beglückt mich, dass du etwas für die Nixe tun konntest«, sagte er zwinkernd.

Adino verstand. Vorsichtig reichte er Lesovarnea den Tonkrug mit dem Heilwasser. Dann zog er den strahlend weißen Pfeil mit dem Haifischzahn aus seinem Köcher und spannte den Bogen. Die Sehne surrte, und es klang wie das Kichern der Seejungfrau. Der Pfeil sauste davon, und ein Tropfen landete auf Adinos Wange wie ein nasser Kuss. Plötzlich schwappte Wasser durch die Gassen und Straßen. Dann schoss ein gewaltiger Strom auf die schwarzen Ritter zu. Der Haufen begann, mit wildem Geschrei davonzulaufen, doch der Strom folgte ihnen.

»Das Wasser treibt die Ritter zum Tor der Unterwelt«, stellte Lesovarnea fest. »Wenn sie nicht ertrinken wollen, müssen sie in den schwarzen Bogen zurück.«

»Aber was können wir tun, damit sie auch dortbleiben?«, fragte Ylvia.

»Das habe ich mich auch schon gefragt.« Lesovarnea sah Dragid an.

Der Drache spürte, dass das Armband aus Elfenhaar, das er trug, sich bewegte. »Die Kraft des Windes«, murmelte er.

Lesovarnea nickte langsam. »Wenn du die Haare eines Luftelfen an die Pforte bindest, besitzt der Wind Macht über sie.«

»Und das bedeutet, das Tor bleibt verschlossen?«, fragte Ylvia.

»So ist es«, antwortete der Magier. »Gegen die Kraft des Windes können auch die schwarzen Ritter nichts ausrichten.«

Genau in diesem Augenblick hörte Dragid ein metallisches Klirren hinter sich.

Grondos sprang auf die Füße und hob das Schwert gegen Lesovarnea. Doch ehe er zuschlagen konnte, schoss Dragid ein zweites Mal einen Wasserstrahl auf ihn. Grondos stürzte. Doch diesmal verlor er nicht das Bewusstsein. Er kam wieder hoch und rannte mit seinem Schwert auf Lesovarnea zu. Der Magier hob die Hand, und ein blauer Blitz wickelte sich um das Schwert und riss es zu Boden.

Grondos taumelte, und Adino warf eines der metallenen Netze über ihn. »Wir hätten ihn gleich fesseln sollen.«

Lesovarnea blickte kopfschüttelnd auf Grondos hinab. Auf einmal stieß er einen wütenden Pfiff aus. Es dauerte nicht lange, da schoss Karik, der Greif, durch den Eingang. Er packte Grondos mit seinen mächtigen Klauen und flog mit ihm davon.

»Wo bringt er ihn hin?«, fragte Ylvia.

»Er wird auf einer einsamen Insel im Meer der Schäume ausgesetzt. Jedenfalls bis zur Gerichtsverhandlung.« Lesovarnea schaute durch das Fenster dem Adler nach. »Aber nun lasst uns zum Tor der Unterwelt fliegen!«

Wie Lesovarnea vorausgesagt hatte, waren die Ritter in ihr unterirdisches Reich geflüchtet.

Das Tor im Erdboden, zwei halbkreisförmige Platten aus rostfarbenem Eisen, stand weit offen. Das Wasser zog sich bereits zurück, und einer der schwarzen Ritter hielt aus dem Loch heraus Ausschau. Seine Augen begannen, zornig zu glühen, als er Dragid und seine Freunde bemerkte. Er stieß einen grausigen Kampfschrei aus und zog sein Schwert. Schon drängten die anderen Ritter brüllend nach oben. Doch Dragid landete genau vor ihnen und trieb sie mit einem gezielten Wasserstrahl hinab in die Tiefe. Adino glitt vom Rücken des Drachen und schob geschickt die eine Torhälfte mit dem Fuß, die andere mit den Händen zu. Schnell knotete Dragid das Armband aus Elfenhaar auf und band es um die beiden Griffe der Pforte. Sofort spürte er den Wind, der sich mit aller Macht auf das Tor legte und es verschloss.

»Jetzt hast du hier ein windiges Plätzchen, Leso!« Filana lachte erleichtert.

Lesovarnea stieg etwas umständlich von Ylvia ab und strich ihr dankbar über das schweißnasse Wolfsfell. »Da hast du wohl recht, kleine Prinzessin aus dem Feuerland«, antwortete er und blinzelte Filana zu. »Und dieser Ort wird mich nun immer an euch erinnern, meine tapferen Freunde.« Er legte einen Moment die Hand auf Dragids Stirn, dann winkte er zu Adino, der wieder auf dem Rücken des Drachen saß, hinauf.

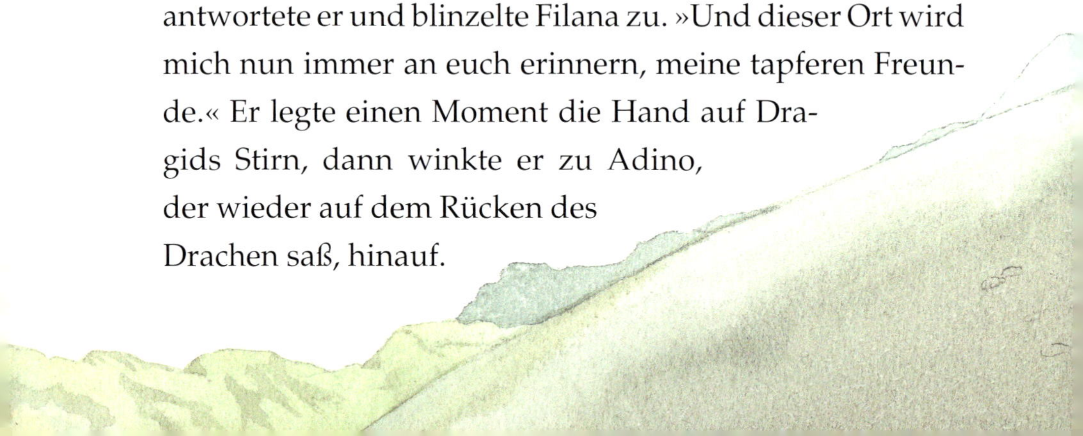

Eine Brise fuhr rauschend durch seinen weißen Bart, und Lesovarnea lachte, aber das Lachen klang traurig. »Und nun fliegt! Lebt wohl! Mein Herz schlägt mit euch und mit eurer Königin Otronia!«

12. KAPITEL

Weit oben, im gebührenden Abstand zum Meer der Schäume, flogen die Drachen zurück. Der Wind stand günstig, sodass alle, sogar Ylvia, schnell vorankamen.
Adino saß müde auf Dragids Rücken und hielt das Gefäß mit dem Heilwasser fest umschlungen. Damit er nicht einschlief, sang er Lieder über das Leben in der Blauen Wüste und im Feuerland, über das Meer und den Regenbogen, ja sogar über Fips, die fliegende Forelle, über die Phönixe, über Mariella, die Seejungfrau, und die Elfen Cyril und Izul, und über all die Abenteuer, die sie erlebt hatten.
»Ja, die schwarzen Ritter, die weinen jetzt so bitter«, gab er gerade lauthals von sich. Doch da rief Ylvia plötzlich: »Land in Sicht!«
Als Erstes sahen sie den Großen Sonnenstich, den hohen Felsen im Reich der Feen. Dragid blickte sich besorgt nach Filana und Ylvia um. Sicher waren sie erschöpft und brauchten etwas Zeit, um sich auszuruhen. Aber konnten sie sich eine Pause leisten? Ylvia erwiderte seinen Blick und schüttelte den Kopf. »Wir fliegen weiter, oder was meinst

du?« Filana, die neben ihr flog, nickte. »Weiter«, keuchte sie atemlos.

Adino begann, wieder zu singen, und er erfand noch sieben lange Lieder, ehe sie endlich die Vulkane des Feuerlands erspähten.

Völlig entkräftet landeten sie schließlich vor der Höhle der Drachenkönigin.

In ihrem Innern sah es noch genauso aus wie zum Zeitpunkt ihres Aufbruchs.

Otronia lag zusammengerollt und mühevoll atmend neben der Feuerstelle.

Der alte Taro saß an ihrer Seite, und als er die Ankömmlinge bemerkte, leuchtete sein Gesicht auf.

»Wir bringen das Wasser der singenden Quelle«, sagte Dragid leise.

Filana umarmte ihre schlafende Mutter. Adino goss etwas von dem Heilmittel in eine Muschelschale. Filana stützte Otronia, und ganz vorsichtig, Tropfen für Tropfen, flößte der Salamanderjunge das Wasser zwischen die Lippen der Drachenkönigin.

Erst geschah gar nichts. War etwa die Mühe umsonst gewesen? Hatte Lesovarnea sich geirrt?

Vielleicht braucht Otronia doch ein anderes Mittel, um gesund zu werden?, dachte Dragid.

Aber dann passierte etwas Merkwürdiges. Otronia begann, zu singen. Zuerst ganz leise. Es hörte sich eher wie ein Summen an. Doch dann wurde ihre Stimme ein bisschen lauter. Und schließlich waren einzelne Worte zu verstehen:

»Das goldene Ei . . . meine Tochter . . .
wie mussten wir um dich bangen . . .
Du warst entführt . . . verschleppt . . .
vom König der Schlangen . . .«

»Ich bin hier«, sagte Filana. »Wir sind alle hier bei dir, und du wirst wieder gesund.«

Da schlug die Drachenkönigin Otronia ihre Augen auf und sah ihre Tochter an.

»Ein guter Wind möge dich in die Höhe tragen«, murmelte sie die Begrüßungsworte der Drachen und lächelte.

Dragid Feuerherz

Grit Poppe

978-3-401-09148-8

Hüter der Drachen

Dragid Feuerherz soll das goldene Ei der Drachenkönigin, aus dem bald die kleine Drachenprinzessin schlüpfen wird, bewachen. Doch Dragid wird überlistet und das Ei ist verschwunden. Die Zukunft des Feuerlandes ist bedroht! Auf Dragid wartet jetzt eine große Aufgabe. Er ist dazu auserwählt, das Land der Drachen von den bösen Mächten zu befreien.

978-3-401-09149-5

Die Perle des Lichts

Dunkle Schatten liegen über Feuerland. Nur die Perle des Lichts kann das Land der Drachen vor der ewigen Finsternis retten. Dragid Feuerherz und seine Freunde geraten in die Fänge der gemeinen Waldfee Wanda. Es beginnt ein spannender Kampf um die Zukunft der Drachenwelt. Kann der junge Drache das Feuerland retten?

OTRONIAS HÖHLE
WALD DER SCHATTEN
REICH DER FEEN
DAS TOR ZUR UNTERWE
ADINOS DORF
FEUERLAND
BLAUE WÜSTE
MEER DER SCHÄUME